염소좌 아래 잠들다

시인선 00039

천년의 시작

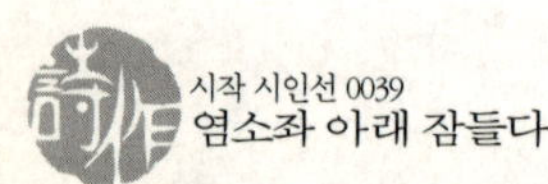

시작 시인선 0039
염소좌 아래 잠들다

찍은날 ㅣ 2004년 2월 25일
펴낸날 ㅣ 2004년 3월 5일

지은이 ㅣ 전명숙
펴낸이 ㅣ 김태석
펴낸곳 ㅣ 천년의시작
등록번호 ㅣ 제300-2002-186호
등록일자 ㅣ 2002년 5월 16일

주소 ㅣ 서울 종로구 내수동 1번지 대성빌딩 504호(우 110-070)
전화 ㅣ 02-723-8668
팩스 ㅣ 02-723-8630
홈페이지 ㅣ www.poempoem.com
전자우편 ㅣ webmaster@poempoem.com

ⓒ전명숙, 2004. printed in Seoul, Korea
ISBN 89-90235-38-3

값 6,000원

• 이 시집은 2003년 문예진흥원 창작지원금을 받았습니다.

시작  시 인 선 0 0 3 9

염소좌 아래 잠들다

전명숙 시집

2004

自 序

내게 우물이 하나 있다
두레박이 없는
목마른 우물

■ 차 례

I

Ⅲ

I

쇼윈도

매일매일 다른 어둠이 찾아오는 그 여자의 방은 잠시 내리는 비에도 천장이 얼룩지네 가끔 거미줄 엉킨 목에서 날아 나온 박쥐들이 축축한 벽지 너머로 사라지네 환히 들여다보이는 벽 속엔 양치류가 하늘을 뒤덮고 (밀림 속을 맨발로 뛰어 다니는 한 여자) 플러그를 벽에 꽂고 여자는 창궐한 어둠 한 자락씩 잡아당겨 말없이 다림질을 하네 무엇이든 순도 높은 것일수록 잘 구겨지지? 어둠도 정성 들여 주름을 펴면 희미하게 빛이 나네 늙은 여자가 매만진 어둠들을 서랍 속에 차곡차곡 개켜 넣네 고사리가 우거진 서랍 속에서 그것들은 점점 투명하게 익어 가네 (맨발의 여자가 간혹 벽을 두드려 보네) 그렇게 몇억 년이 지나가네

7월 낮 12시 동백나무

달아오른 프라이팬으로 정오를 프라이한다 피멍울이
생긴 노른자위의 태양과 솜털이 막 엉기기 시작한 흰자
위의 하늘이 뜨거운 초록 번철 위에서 맨발바닥의 물방
울처럼 앗! 앗! 소리치며 튀어오른다 사방으로 눈부신 깃
털이 푸드득 날아다닌다 햇빛의 애벌레들이 배설한 땡
글땡글한 그늘 곧장 땅으로 굴러 떨어지자 뿌리 근처에
서 나선형으로 감겨 있던 손이 그걸 알약처럼 물도 없이
집어삼킨다 짙푸른 알약들은 그 나무의 자궁에다 새빨
간 꽃숭어리를 회임시킨다 여기 저기 갈라졌던 대기의
틈이 다시 맞물리며 반쯤 파고들던 열쇠들이 툭툭 부러
지자 화들짝 파라솔을 켜는 매니큐어 칠한 그 여자의 손
톱.

어항 속에는 물고기가 있다

영하 273도의 침묵이 있다 가만히 들여다보던 한 여자
의 손바닥이 그 방의 문고리에 닿자 투명한 빙벽 속 전선
에서 파란 불꽃이 치치칙 튄다 감전된 소리 한 줄기 재빨
리 여자를 붙잡는다 소리의 덩굴손에 휘감겨 여자가 잠
깐 휘청거린다 그녀의 가슴에 걸쳐진 일곱 개의 현이 발
갛게 달아오른다 수많은 필라멘트가 달린 백일홍 나무
로 일어선다 매끈한 가지는 플루트다 그 목관 악기의 구
멍마다 진홍빛 환한 꽃송이가 튀어나온다 얇은 유리로
덮인 여자의 몸이 조금씩 조금씩 금가기 시작한다

……여자의 따스한 눈빛에서 흘러나와 노을 속으로
헤엄쳐 가는 아름다운 노래의 지느러미……

겨울편지

종이를 펼친다
돌아서는 발자국 소리같이 또박또박 글씨를 쓴다
안녕히 계셔요.
마지막 인사를 하고 나자
눈이 내리고
앞머리의 글자들이 어디론가 기어간다.
딱정벌레처럼
추위에 못 이겨 종이 밑을 파고드는 글자들
무릎을 꿇고 종이를 파본다
흰눈 아래, 흙으로 변해 가는 낙엽을 움켜쥔
실뿌리들 곁
무수한 글자의 쭉정이가 흩어져 있다

뿌리가 파먹었던 글자들이
물관을 타고 뻗쳐올라
작은 초록 연처럼 팔랑거릴 때에도,
보고 싶어요,
짧게 쓴 문장이 물기를 거두고 여물어 갈 때에도,
더 이상 편지 쓰기를 멈춘 뒤
종이 위에 흰 눈이 내려 쌓일 때에도,

종이 밑으로
그리움의 실꾸리를
수없이 풀었다 감았다 했을 나무

손가락 끝에 연필을 쥔 나무들이 무슨 말인가 또
쓰고 있다
연필심에 침을 묻혀
문신을 새기듯 언 하늘에다 무언가를 또
꾹꾹 눌러쓰고 있다

느티나무 전설

얼음골 동림재 뒤안에 속이 텅 빈 거대한 느티나무가
있네

몸이 붙은 두 마리의 코끼리와 半人半獸의 신과 곱추
와 쌍봉낙타가 어울려 살고 있는 사원을 굼벵이들이 몇
백년 동안 기어올랐네 삶은 한 걸음씩 허덕이며 걷는 거
라고 타는 등으로 성벽을 기어오르던 굼벵이들 어느 날
뜨겁던 등이 오싹해지며 샘물 같은 노래가 흘러나오는
걸 느꼈네

굼벵이에게도 배울 게 있다고 제 몸을 간질이며 수백
년 동안 기어오르던 굼벵이들의 등이 터지고 헤아릴 수
없는 투명한 날개가 날아 나오는 것을 본 이 거대한 나무
는 어느 새벽
끄응!
있는 힘을 다해 몸을 뒤틀었네

바로 그때였네, 나무는 제 몸에 깃들었던 코끼리와 슬
픈 신과 곱추와 쌍봉낙타의 등이 터지고 날개가 솟는 것
을 보았네 보랏빛 새벽 하늘로 그들이 날개를 치며 날아

가는 것을 똑똑히 보았네

　지금 그 나무의 텅 빈 몸통에는 하늘이 고였네 늙은 시
인의 감수성같이 아직 흔들리는 푸르른 이파리의 얼레
로 탱탱한 매미 소릴 감았다 풀었다하며 제게서 빠져나
간 무거웠던 몸들의 기억을 어루만지기도 하며 또 몇 백
년은 거뜬히 견딜 거라 하네

푸른노을 미술학원

오래 비가 내렸다. 축축한 벽지를 뜯어낸다 목이 졸린
꽃들이 숨을 거두고 있다 죽은 꽃을 먹고 곰팡이가 핀다
곰팡이는 곰팡이를 파먹고 불어난다 잿빛 곰팡이가 방
문을 열고 나온다 210번 버스를 타고 거리를 내다본다
사람들은 옷자락에 곰팡이가 피는 것도 모르고 걸어다
닌다 푸른눈안과가 충혈된 눈을 비빈다 앙상한 정강이
를 드러내고 푸른강카페가 그네에 앉아 있다 곰팡이가
푸른산약국의 꽉 닫힌 약병 뚜껑을 비튼다 푸른노을미
술학원 앞, 언제나 버스가 지나치던 그곳에서 곰팡이가
내린다 미술학원은 2층이다 곰팡이가 신발을 벗고 들어
간다 곰팡이는 푸른 붓에 푸른 물감을 찍어 붉은 눈동자
를 지운다 노란 강물의 물줄기를 하늘로 돌린다 연두색
구름은 조약돌 위를 흘러간다 바닥에 깔린 하늘에 누워
곰팡이는 떠다니는 물고기를 그린다 물고기의 날개에
엷은 보라색을 칠하자 제비동자꽃이 하품을 한다 공중
에 있는 창 밖으로 붓 씻은 물을 쏟아버린다 양쪽 벽에서
비가 온다 물조루에서 빗물을 받아먹는 곰팡이가 입술
을 오므린다 거리에 색종이 조각 같은 꽃잎이 쏟아진다

저수지낚시

겨우 꿰맨 옆구리가 근질근질한 저수지 꼼짝 않고 엎
드려 있다 부러진 칼끝으로 여기저기 찌르고 다니는 눈
먼 물고기가 자칫 실밥을 건드리면 어쩌나

갈대 뿌리께 꼬리를 흔들며 빠진 저녁이 토해 놓은 불
안으로 물 속은 어둡다 비릿한 정적 속으로 손을 넣어본
다 구름의 딱딱한 씨앗과 울리기 직전의 풍경 소리 곧 태
어날 잎새에 고봉으로 담긴 햇빛과 아직 부화되지 않은
말랑말랑한 아침들이 명주실처럼 손가락에 감긴다

가시연꽃의 트림 소리에 팽팽한 수면의 현 하나가 툭
끊어진다 저수지의 몸에 비늘이 돋기 시작한다 금빛 예
감들이 공명통 속을 마구 뛰어 다니기 시작한다

창 밖의 봄

신발이 너무 꽉 죄어 발가락 끝이 아픈 벤자민 뒤꿈치
를 들고 유리창 밖을 내다본다 물관을 통해 올라간 생각
의 물방울로 머리 속은 작은 어항이다 부화된 물고기들
의 지느러미가 가끔 손수건처럼 호주머니 밖으로 비어
져 나온다 멀리 보이는 강의 오체투지도 다시 헐렁해지
고 연꽃 같은 햇살의 옷자락이 젖는다 강의 옆구리에 언
발을 집어넣는 수양버들의 체온계가 파아랗게 올라가는
게 보인다 자꾸만 도망치려는 물고기 때문에 출렁거리
는 어항이 깨질세라 조심스레 이쪽 팔로 옮겨드는 벤자
민 뒤틀린 관절이 화끈거린다

사과

인 난
썩고 있는 게 분명해 머리 속에 이렇게 많은
생각이 바글거리는 걸 보면
장미과의 낙엽 교목, 꽃 떨어진 자리에 매달리는
비타민 C로 환한 둥근 내부, 이런
자료들로 정리되던 나의 매끄러운
껍질 뚫고 장치되어
사각사각사각사각
향기를 악취로 배설하고, 이끼 낀 돌담 뭉그러뜨리고,
처음과 끝을 들쑤시고 갉아먹는 사과벌레들
벌레들의 흰 이빨 앞에
이윽고
해   체
    되   는
나

이승의 사과밭에서 탈골되는
낯설고 깜깜한
시간 몇 톨

辭典

아프라삭스는 아편쟁이 덜 익은 양귀비의 마음 속에
살지 아편굴에서 남몰래 아편을 먹고 후우 연기를 내품
어 구름 위에 올라앉지 아프지 않는 날이면 아프로디테
는 황금 털실로 아프간 뜨기를 한다네 그가 아표*가 되
었을 때 차려 입을 찬란한 수의를 아가야 자거라 자거라
그는 따뜻한 관 속에서 칭얼거리다 조금씩 조금씩 부풀
어 올라 아흔아홉 밤이 지나면 부화한다네 그녀의 아틀
리에 깊숙한 곳에 놓인 그림에서 그가 깨어나면 그녀는
화구를 챙겨 서쪽으로 입술을 열고 있는 창 밖으로 날아
가네 그녀의 날개를 타고 낱말들이 주르르르 따라 나가
네 그런데

그는 텅 빈 알껍질을 들고 어디로 갈까

*아표 : 굶어 죽은 송장

저문 수평선에 걸린 신호등

암실등을 켜자 굳었던 바다의 세포분열이 시작된다 천리 밖의 희미한 향기에도 감광된 필름들이 너울로 풀어진다 몸을 갖지 못한 채 오래 떠돌던 창백한 눈동자들 인화지에 달라붙는다 눈동자의 중심으로 오글오글 빛이 모인다 고물거리던 수많은 혜성들의 꼬리에 불씨가 인화된다 화염에 휩싸인 방이 파열된다 붉은 바닷물이 쏟아진다

누군가 자루 속으로 손을 넣는다 버둥거리던 몸을 밀어내며 암녹색 광택의 어둠이 코르크 마개를 꽉 닫는다 쑤욱 빠져나온 남자의 두 눈에 고압의 전류가 흘러든다 퓨즈가 끊어진다 빛의 바늘에 꽂혀 박제된 남자의 손목시계에서 숯이 된 갈매기가 튀어나온다 절룩·절룩·절룩 길을 횡단한다

비 오기 전

저수지의 둑처럼
뭘 가두고 있는 것들은
부어 있다
일몰 직후 급류에 휩쓸린
시간의 골목 벌겋게 헐고
비구름이 다가오자
공기는 점점 부푼다

물집 잡힌 기다림과
화농되는 상처와
적의에 달구어지는 가시를 함께
가두고 있는
내 몸이 이제쯤 익었는지
꾹 눌러본다

둑 한 쪽이 헐린다

등마다 창이 꽂힌 물고기들이
마른 땅 위에 떨어져 푸득인다
나무들이 농익은 열매들을

산란한다

땅의 붉은 입술이 열린다

포플러

열 손가락을 다 따도
열이 내리지 않는 송어들
손톱으로
터널을 뚫기 시작하네
사랑은 구불구불한 미로 찾기
아가미에서 꺼내 든 톱날로
잡목들을 베네
아 시원해, 병마개
따고 나오는 나무들의
트림 소리
실밥 다 풀어진 무지개를 들고 바람이
무어라 무어라 중얼거리며
포플러 어깨에 기댈 때
그 나무들 속으로 길을 낸 물고기들
가지 밖으로 헤엄쳐 나오네
은회색 배 슬쩍슬쩍 내보이며
꼭대기로 꼭대기로
기어오르네
누이가 던져 준 쐐기풀옷 걸치고
모두들 母天으로

돌아가네

그는 왜 믿지 않는 것일까

내 혀 아래 진주 같은 물고기 알이 가득하다는 거
문어가 혓바닥처럼 위장하고 엎드려 있다는 거
썩은 어금니에 주둥이를 부비는 톱날 상어가 있다는
거
목젖 가까이 고래가 놀고 있다는 거
목구멍 뒤 저 깊은 동굴 속에서
난생설화가 피고 있다는 거
입 안팎으로 날개 달린 물고기가 드나들고 있다는 거
그래서 내 거대한 아가미가 열려 있다는 거
그래서 내가 말할 수 없다는 거

II

서쪽으로 가다

이젠 끝내고 싶어 그녀의 음성이 상수리나무 발등에
떨어졌다 쉴새없이 手話를 건네던 나무들의 빈 가지가
삭정이로 툭툭 부러졌다 어미의 몸을 야금야금 파먹은
하얀 실뱀들이 빨간 양파자루의 망 밖으로 기어 나왔다
시든 물음표들이 들판에 흩어졌다

견딘다는 건 정말 힘들어 그녀의 입이 달싹일 때마다
먼지가 일었다 주춤거리며 다가온 오후 5시에 밀려 숲이
허물어졌다 죽어도 감을 수 없는 눈동자 같은 밤이 바스
락거리기 시작했다 씀바귀들이 떠밀리지 않으려고 제
몸에 쾅쾅 못을 박았다

이렇게 가만히 있으면 따뜻하게 썩을 수 있을까 담뱃
재처럼 삭아 내리며 그녀가 희미하게 웃었다 하반신을
땅에 묻은 어둠 속에서 막다른 골목들이 구불구불 자라
났다 충분히 부르튼 발바닥들이 가지런히 신발을 벗어
놓고 방패연같이 떠오르는 문지방을 넘었다
　떨어진 나방들의 날개가 이리저리 바람에 쓸렸다

스토커(stalker)

새벽의 젖꼭지 물고 꿈틀꿈틀 깨어나는 마른 미역 같은 저 골목 좀 봐, 그 입구에 선 은행나무 근질근질한 잇몸에서 돋아나는 아침 좀 봐, 오전 10시의 수족관에서 헤엄치다 튕겨나온 횟감 같은 한낮 펄떡이다 헐떡이다 늘어지자 뼈다귀까지 물러빠지도록 녹여내는 저녁의 탕약 사발 좀 봐.

뭔가 죽을 때까지 따라 다닌다는 거 어떻게 생각하니? 평생 불치의 슬픔이라든가, 늑골 아래 드나드는 달빛의 밀물 썰물, 끝장날 때까지 잡아당기는 파리지옥풀 같은 사랑,

나도 이젠 정말 지겨워! 너에 대한 애면글면.

그치만 어쩔 수 없어, 내 온 생을 관통하는
파———
음으로 물결치는 이
끔찍한
푸른 허기.

선인장

　손가락을 찔러야 해 몸 속의 핏방울이 모두 모래 알갱이로 변하기 전에 산채로 내 몸이 모래 무덤에 묻히기 전에 지층 깊은 곳의 수맥을 뚫듯 막힌 혈을 뚫어야 해 벌써 이목구비의 윤곽이 바스라지고 있어

　갈라진 혀로 바닥난 물병을 핥던 그 여자 철골만 남은 갈비뼈들 꺼내어 오래 오래 갈고 있네 그녀에겐 질긴 시간의 조각 그득한 반짇고리가 있네 패인 그녀의 눈자위에 위대한 먼지가 날아가 앉네 이따금 뚫린 옆구리로 모래알이 주르륵 흘러내리지만 바늘 자국 투성이의 손 움직이는 날까지 제 몫의 적막을 다 꿰매야 하네
　한 땀 한 땀 피로 짓는 수의, 한 발자국 한 발자국 신음이 개피는 모래웅덩이

　내장 다 흘러버린 그 여자 가슴 부러진 바늘로 채워지네

허리디스크

뭔가가 삐끗하고 어긋나는
순간이 몸을 관통하자
나는
단숨에 한 마리 벌레로 퇴화되어 갔다

등뼈에서 뭔가가 자라나고 있군요

낮게 웅웅거리며 기계가 나의 내력을 낱낱이 읽어 내
렸다 어디선가 뽕나무 이파리에 후득이는 비 냄새가 풍
겨왔다 이제 나는 누에처럼 버섯을 키우게 되는 건가 40
년이 넘게 뽕잎을 먹어도 고치를 짓지 못한 내 몸, 살아
있는 몸을 파 먹히는 무간지옥을 견디고 나면 어여쁜 버
섯으로 환생하게 되는 건가

당신의 진화에 문제가 있군요

X—레이 필름 속 검은 숲 그늘을 배경으로 화석이 된
하얀 나무의 그루터기가 보였다 그곳에서 파란 싹이 트
고 있었다 뼈 속에서 씨앗이 움트다니 내가 걸어다니며
만든 길 아래서 죽어간 질경이. 개망초. 괭이밥들이 절체

절명 그 순간 내 가장 깊은 곳에 씨앗을 뿌렸다니

씨앗이 밀어낸 이파리 위를 느릿느릿 기어다녔다 오랫
동안 발바닥에 박혔던 길이 내게서 빠져 나왔다 뱀처럼
꿈틀거리며

길이 풀밭으로 스며들었다

스냅, 어두운

마을에서 한참 떨어진 밤의 숲
발목을 휘감던 덩굴찔레들 서로 껴안고 잠들어 있다
껴안는 것이 찌르는 것이라면 이제
이 가슴에 빼곡이 박혀 있는 가시를 뽑아다오
단단한 땅 속을 아교 같은 피가 파고든다
컴컴한 숲 속을 유령처럼 서성이는 나무들
지팡이로 땅 두드리며
내가 밀어야 할 길 재촉한다
어둠의 뿌리혹에 탯줄을 댄 검은 팔이
아무리 달아나도 그 자리인
내 목을 감는다.

이 숲은 거꾸로 흔들어 쏟아버려야 해.

멀리 마모된 하늘에 눌러 놓았던 압정 같은
별의 불붙는 침
마른 풀 끝마다 열린 투명한 화약 위로
후두둑 떨어진다
황홀한 폭죽의 오르가슴 속에서 사위어 가는
검은 숲.

단단히 다물고 있던 땅의 입 속에서
다시
손 하나가 슬그머니 기어 나온다.

산꼭대기엔 바다가 있네

  세상의 창을 한 자락으로 다 가린 바람 죽음처럼 두툼
하네 수천 만 겹겹 그 껍질 벗겨내느라 나목들 손톱이 자
라지 못하네 갈기갈기 찢긴 바람의 살점 사방에 낭자하
네 닦인 길 버리고 비탈 기어오르던 나무들 희미하게 들
리는 물소릴 붙드네 마른풀들도 일제히 그쪽으로 몸을
굽히네

  산꼭대기에는 바위의 심장만이 견뎌내는 추위가 있네
멀리 산의 높이 만큼 높아진 수평선의 이마, 차마 마주
부르기 어려운 슬픔의 이름 같네 소금에 절은 마음 바다
에 삼투되네 두 다리가 해저로 뻗어가네 팔을 휘감으며
해초들 너울거리네 턱까지 바닷물이 차 오르네 익사할
것 같네 내겐
  아가미가 없네

  가까스로 발을 떼보네 산이 발바닥에 들러붙어 질척이
네 암만 발 굴러도 영 떨어지지 않는 것들
  무거운 산을 발 밑에 붙이고 걷네

달리다

아편열매에 칼금을 그으며 그는 말해요
주사를 줄까 말까
애원하는 내 눈빛을 보고
웃으면서 그는 내 팔을 찔러요
번쩍 창날이 빛나요
접힌 우산이 펴지듯 관절들이 일어서요
철커덕철커덕 관절들이 뛰어가요
하.나.두.울. 세어가며 통점이 피어나요
발목에서 비죽이 고갤 내밀며 단도가 말해요
이 아킬레스건을 끊을까 말까
압박붕대를 힘껏 동여매고 나는 달려요
단도는 터널을 거슬러 따라와요
목구멍에 걸린 칼끝에게 헐떡거리며
내가 말해요
너를 뱉어 버릴까 말까

흑백사진

너무 깊이 들이마셔 돌이된 숨을
휘파람 불어 조금씩 녹이는 게 촛불이야
라고 생각하며 성냥을 긋는다.
역시 어둑한 저쪽에서 물끄러미 나를 보는
그가 있다.
촛불을 그 얼굴 가까이
들이댄다. 불꽃이 그 쪽으로 쓰러진다.

너 어딨니 오늘은 비강을 꽉 막고 있던 물혹을 뜯어냈
지 하얀 가운의 그녀가 낡은 약병의 뚜껑을 열며 말했지
이건 지독히 빨간 향기예요 이건 영혼이 지지지 타들어
가는 밤의 새파란 냄새 이건 신산한 세상의 물컹한 하수
구 냄새, 나는 그 자리에 없었네 꽉 막힌 가슴 열고 너와
관계하고 싶었네 충혈된 눈 감으면 살며시 다가앉을 너
의 체취를 오돌토돌 만지고 싶었네 나도 모르게 나와 은
밀히 내통하던 비린 욕망의 뿌리를 캐낸 자리에 포기 째
너를 옮겨 심고 싶었네 너 어딨니

새. 로. 한. 시. 새. 로. 두. 시. 새. 로. 세. 시.
초침 소리가 헝클어진 밤의

머리칼에 단정한 가르마를 타고
온 생을 다해 녹인 촛농 속으로 불꽃이
제 몸을 편안히 누일 때
유리창 밖에서, 어둑한 이 쪽으로
수많은 촛불을 들이대는 가로등
가로등.

자루

뭔가가 가득 들어 있는
자루가 있다 자꾸자꾸 부푸는
자루가 있다 미어터지려는
자루가 있다 허둥지둥 자루를 깁는
손이 있다 기어이
뭔가가 새기 시작하는
자루가 있다
희뿌옇게 흘러나와 어디론가
더듬더듬 기어가는
액체가 있다 우두망찰 바라보는
자루가 있다

바다 · 부엌 · 가스레인지

냄비 속의 물이 펄펄 끓고 있다 (뚜껑을 열어야 해) 〈이 두개골엔 나사가 너무 많이 박혔군〉 (발바닥이 뜨거워) 〈뭐든 길들이기 나름이야〉 (목걸이가, 목걸이가 풀어지지 않아) 〈무엇에든 중독되면 편안해진다구〉 (저것 좀 꺼 줘!) 〈비등하는 시간 속에 잠기면 결국 말랑말랑해진다니까〉 개수대로 역류한 바다가 하얀 씨를 후드득 뱉는다.

치료

내 몸이 몹시 굳었다고 품고 있던 알은 벌써 썩었다고
주먹을 펴야 한다고 치료사가 몸을 아래위로 잡아당겼
다 반쯤 화석이 되어가던 알을 뱉어내느라 진땀이 흘렀
다

한쪽으로 치우치는 건 좋지 않다고 마음을 절게 될지
도 모른다고 주사기에 채운 균형감각을 주입하며 간호
사가 말했다

완치는 어렵다고 접시를 붙잡는 낙지의 흡반 같은 마
음을 그저 조금씩 평생 조금씩 생에서 뜯어내야 한다고
의사가 말했다

땅에 닿은 발끝으로 물고기 알 같은 게 어질어질 빠져
나가고 머리 속에는 제비꽃 같은 게 아득아득 피어나고

어디론가 방전되는 것 같다고 이상하게 충전이 되지
않는다고 간호사는 코드를 내 팔에 등에 머리에 꽂고

물고기와 미라

그는 한 필씩 끊어낸 색색의 하늘을 들고 내 어두운 연
못 속으로 내려온다 연못이 환하게 밝아진다
아무런 아픔 없이 그는 나의 경계를 건너온다
이제 지붕은 비가 새지 않는다
내 몸은 젖지 않는다 자꾸

건조해진다

일곱 개의 태양이 모래를 다글다글 덖는다

눈 속에 모래가 코 속에 모래가 귀 속에 모래가 혈관
속에 실리카겔 같은 모래가 채워진다 온몸이
파묻힌다

이제야말로 잠들 수 있지 나의 미라
깊이 깊이

스프링이 튀어나온 소파

는
수많은 무거움에 대해 잘 안다 껴안고 껴안고 껴안아
도 더욱 더욱 더욱 더해지는 무게에 대하여 어느 날 소파
는 제 몸의 힘줄 하나가

툭!

끊어지는 소리를 들었다 소파는 여태껏 자신이 정신이
라 불렀던 탄력이 녹슨 철사동강으로 튀어나오는 것을
보았다 그것은 지저분한 스펀지 뭉치와 얽혀 있었다 소
파는, 소파는 자신을 믿지 않게 되었다

문득

소파는 자신이 소파에서 벗어났다는 걸 깨달았다 뻐근
한 갈비뼈의 새장을 열고 새 한 마리가 날아가는 것이 보
였다 새의 깃털 몇 개가 그의 어깨에 가볍게 내려앉았다
그의 눈꺼풀이

점점

무거워졌다 열반에 드는 부처님처럼 비스듬히 누운 그
의 주위로 어둠이 콜타르처럼 졸아들었다 그의 입에서
기침이 터져 나왔다 니코틴에 절은 골목이 가래 섞인 아
침을 쿨룩쿨룩 뱉어내었다

집을 헐다

아무래도 난 파산할 것 같아 머리 속 회로엔 통신 불가
메시지가 점멸하고 어디에도 접속되지 않는 패스워드
텅 빈 운동장 같은 가슴엔 조립이 안 되는 닿소리와 홀소
리의 뼈다귀들 흩어져 하나 둘 빼서 팔아먹은 벽돌들 저
당 잡힌 대들보 근근히 버팅기던 벽에 박힌 몇 개의 못이
삐삐삐 경고음을 울리다 손깍지를 풀자 여기 저기 곰팡
슨 내면을 가리던 싸구려 그림들이 먼지 속으로 툭 툭 떨
어지고 굉음과 함께 풀썩 쓰러지는 서까래 마지막까지
웅크리고 있던 검은 피 흘리며 뛰쳐나오는 어둠의 외마
디 비명 소리!

팍―――

플래쉬가 터지고

망막 가득 꿈틀거리는
수많은 애벌레들의 몸을 찢고
날아오르는
저

희
디
흰
모시
모시나비 떼

엘리베이터를 기다리는 자정

물밑이다. 성급한 날치들이 이따금 내 속에서 요동친
다 조금만 더 견뎌라 너희들 곧 탈속할 수 있을 것이니
그가 나를 데리러 올 것이니 나를 길어 올릴 두레박이 열
려라참깨열려라참깨 내려올 것이니, 등뒤에 따라온 수
수밭의 망령들 동앗줄 아래로 물러나고, 저, 위, 파란 파
라솔에 앵두알 같은 햇빛 굴러 떨어지는 화원이 있을 터
이니, 투명한 지느러미를 펼치고 너희들 햇살을 거슬러
날아오를 수 있을 터이니

캄캄한 갱도 아래로 탄차가 내려온다 자동감지센서가
장착된 내 안에 차례차례 불이 켜진다

하모니카

　수많은 소리들을 몸 속에 가두고 사는 여자가 있었네 늘 투정하며 들끓던 그것들은 차츰 팽창하기 시작했네. 견디다 못한 여자가 조심스레 아주 작은 구멍의 뚜껑 하나를 열었네. 날카로운 비명 하나가 뛰쳐나와 긴 꼬리를 끌며 사라졌네. 그렇게 모든 구멍으로 소리들이 빠져나 갔네 여자의 몸은 쭈글쭈글하고 조용해졌네 한참이 지나자 자작나무 숲에서 갓 태어난 바람이 그 구멍에 둥지를 틀기 시작했네 간혹 세상으로 떠났던 소리들이 딱딱하게 굳은 침묵이 되어 돌아오기도 했네 여자는 그것들의 갈기를 풀어내어 텅 비어 있던 자신의 공명상자에 쟁여 넣었네 여자의 들숨과 날숨이 잘 조율된 악기의 구멍을 드나들었네 세상에서 하나뿐인 악보가 그녀의 척추에 새겨졌네

티눈

떠나야 할 시간이 다가오자
나는
발바닥의 오래된 티눈을 긁어내기로 한다.
언제 이렇게 깊이 뿌리 내렸을까.
얼어붙은 땅바닥에 납작하게 엎드려
따뜻한 땅 속을 악착같이 붙잡고 있는
민들레 뿌리처럼
(언젠가는 꽃이라도 피우겠다는 것일까)
몇 방울의 투명한 물약이 말라붙은
티눈을 뜯어내는 밤.
(상처 위에 떨어지면 눈물도 딱지가 되는구나)
깊이 박힌 녹슨 못처럼
세상의 무엇과 이리도 단단히 얽혀 있나.
(무엇이든 깊이 박힌 건 뽑기 힘들어)
그러나
티눈 박힌 발바닥으론 먼길을 못 가지.
이를 악물고
피 묻은 칼끝을 새로 겨눈다.

양치질을 하며

죽지 마세요
살아 있어 줘요
매일매일
일용할 양식 깊숙이
이빨을 박기 위해
흔들리는 당신의 이빨
구석구석 깨끗이 닦으세요
나를 위하여
편도선 벌겋게 달아올라도
명치끝 파랗게 얼어붙어도
부디
자갈 같은 낱알들 꼭꼭 씹어 삼켜요
안녕! 이라고
밤마다 내가 말 걸 수 있는
그대여
눈물로 수력발전기 돌리면서라도
제발 그렇게라도
살아만 있어 줘요

다시 봄

바람이 책장을 날렸다
토막 난 문장들이
모래구멍에 몸을 숨기는 게들처럼
책갈피 속으로 재빨리 꼬리를 감추었다
두꺼운 표지 밑으로 글자들의 소음이 잦아들었다

빗방울이 봉창을 때렸다 기름 떨어진 석유곤로의 심지
가 시커먼 연기를 내며 타들어갔다 번개가 번쩍! 빛났고
전등이 나갔고 못 견디겠어, 손목을 그었던 아내가 누웠
던

낡은 집의 옥상에 흙을 덮었다
관 뚜껑에 못을 박듯 나무를 옮겨 심었다 지난
시간들은 완벽하게 은폐되었다

몇 날과 몇 밤, 달디단 잠이 머리맡에서 고요히 거미줄
을 짰다

얼룩이 번져가던 천장에서 커다란 물방울이
뚝!

떨어졌다
무덤 속 편히 잠들었던 이마가 젖고
불안해진 씨앗들이 웅성거리기 시작했다
낯익은 글자들이 두꺼운 표지를 뚫고 나갔다
누운 몸 속으로 뿌리가 파고들었다
조각조각 오려진 내가 흙 위로 돋아났다

Ⅲ

봄비는 모든 것을 녹이려 들고

/으깨어지는 자동차의 브레이크등/ 흘러내리는 석류
즙/ 내 스무 살 청춘이 살다 나와/ 담뱃불 구멍난 장판지
같은 아스팔트/ 그 위에 널부러졌던 붉은 의문사들/ 한
겹씩 한 겹씩 걷어내는 와이퍼/ 갸웃거리며 돌아 나오는
막다른 골목들/ 크럭크럭 기침하는 하수구/ 떠내려가는
까끄라기의 겨울/ 기억 위로 엎질러지는 물잔/ 잉크가
번지는 편지의 글씨/ 더께 앉은 풍경 스크레취하는 연초
록 손톱들/ 지워지는 묵은 경계들/ 을 한데 녹이며/
/일곱 빛깔 도료가 쏟아진다/

꽃은 냉장고에 있습니다

쇼윈도 안쪽에서 여자가

장미의 겉잎에 붙어 있는 시간을 떼낸다

투명한 냉장고 안

장미의 줄기에서 시린 손들이 비어져 나온다

점점 길어진 손가락이 유리벽을 더듬는다

유리벽이 하얗게 흐려진다

꽃은냉장고에있습니다 라고 쓰여진 문을 열고

누군가 들어온다

여자가 냉장고 안의 장미 마흔 송이를 꺼내 꽃다발을
만든다

마흔 개의 거리가 거꾸로 매달려 흔들흔들 지나간다

보도블럭이 새빨간 신음을 뚝, 뚝, 따간다

뻐꾸기는 둥지를 짓지 않는다

뻐꾸기가 죽었다

바쁘게 출근하고 귀가하고 밥 해먹기도 바빴기에 새가
죽었는지도 몰랐다 죽은 지 얼마나 되었을까 추깃물도
말랐다 우리는 뻐꾸기를 살려보기로 했다 드릴과 드라
이버와 강력 본드와 나사못, 묵직한 배터리 세 개를 준비
하고 둥지를 헤쳤다 뻐꾸기의 상한 내장이 피복에 싸여
있었다 내장은 꼬들꼬들 말라 있었다 결국
　새들은 굶어서 죽은 것이다 세 마리 중 한 마리는 입을
벌리고, 또 한 마리는 날개가 꺾여, 좀 큰 한 마리는 발목
이 부러져 있었다
　굶어와

죽다
의 사이, 공포가 피딱지로 말라붙어 있었다
배고파 배고파 배고파의 ㅏ 모음에서 숨이 끊어진 한
마리와
태엽을 끊고 벌레를 찾아 날아가고 싶어 날아가고 싶
어의 ㅓ 모음의 모습으로 날개가 꺾인 한 마리와
새끼들의 몸부림을 부러진 다리로 지켜봤을 어미의 비

통함이 박제된 뻐꾸기 둥지

　남편은 새 배터리를 넣고 시체를 수습하고 나사못을
조였다
　죽은 아이 같은 노래를 긁어낸 빈 뻐꾸기 집을 벽에다
걸었다

러닝머신

정말이지 이 레이스엔 걸려들고 싶지 않았어
한 남자가 중얼거리며 출발선에 들어선다

탕!

출발의 총성이 울리고 가슴을 관통 당한 풍경 하나 쓰
러진다
그가 뛰기 시작한다
도미노처럼 넘어지는 풍경이 경계들을 잡아챈다
구름과 시냇물과 하늘과 들판이 뒤섞이기 시작한다
그가 점점 빨리 달린다
가죽혁대처럼 뻗어 있던 길이 꿈틀 꿈틀 살아나
이빨을 드러낸다 몰려오는 구렁이들을 피해
그가 전속력으로 달린다
모래능선이 발목을 잡아당긴다 바다 아래로 막
가라앉는 아틀란티스에서 이쪽 대륙으로 불붙는
그의 발이 있는 힘을 다해 건너뛴다
헐떡이는 숨소리가 쓰러지던 풍경의 끝을 가까스로
붙잡는다 고장난 버스처럼 질주하던 세계가
긴 타이어 자국을 남기며 멈춘다

털썩.

길과 풍경과 경계들이 쓰러진 그를 팽개쳐 버리고
서, 서, 히, 제자리로 돌아간다

베이다

상처 난 손끝으로
새빨간 불빛이 흘러나온다
끊임없이 핵융합하는 나의 심연에서
광섬유의 실핏줄을 타고 나온
생명의 레이저 광선

들끓는 지구의 내부에
플러그를 꽂고 있는 나무들처럼
미로로 뻗어 있는
마음의 가지마다
침엽수 이파리같이 촘촘한
광케이블이 퍼져 있다

무언가에 찔리고 베이는 건
더 나아갈 수 없다는
정지 신호
그 스위치가 작동될 때
잘려진 마음의 단면에선
수많은 알전등이 터지고

매 순간
닿을 수 없는 거리로 멀어지는 너에게
외로이 조난당한 내
홀로그램을 전송한다

부엌 창틀의 박하화분

뿌리 한 줄이 슬그머니 기어 나온다 창살 밖으로 슬금
슬금 내려간다 이파리 하나가 힐끗힐끗 따라간다 가시
를 다 떼어버린 햇빛 한 줄기가 이파리를 붙잡고 늘어진
다 가스레인지 위에서 새파란 불꽃이 냄비를 흔든다 깜
짝 놀란 냄비뚜껑이 열린다 냄비의 혓바닥이 화분을 핥
는다 머뭇거리던 이파리들이 일제히 창 밖으로 달아난
다 발이 걸려 넘어지는 어린 박하 잎 모가지가 펄펄 끓는
냄비 속으로 빠진다 가르릉거리는 냄비가 침을 삼킨다
다리 하나 주면 안 잡아먹지 몸뚱이만 남은 박하화분이
창 밖으로 목을 뺀다 배부른 냄비가 분화구 같은 입을 닫
는다 창틀에서 뿌리 두 줄이 슬그머니 기어 나온다 창살
밖으로 슬금슬금 내려간다

화끈거리는 꽃

　나무도 아프면서 크는 법인데 넘어지면서 정강이도 깨는 법인데 깨진 상처에다 침부터 바르는 어머니가 있는 법인데 잘 아물지 않으면 덧나기도 하는 법인데 덧난 것들 지독하게 화끈거리다 방울방울 종기로 부풀기도 하는 법인데 발갛게 화농된 종기들 무르익어야 터지는 법인데, 마침내 터진 그 꽃나무의 종기에 벌 나비들이 침을 찔러 넣는 봄날, 입술에 침도 안 바른 감언이설 저렇게 받아들이다간 아이를 밸 수도 있을 것인데 머리통 새까만 씨앗을 배면 씨방이 자꾸 부푸는 법인데 헝겊으로 아무리 조여도 감출 수 없이 배가 불러오는 법인데 손가락질, 손가락질 당해 죽을 듯 배가 아픈 법인데 두렵고 어두운 울음덩어릴 낳아야 하는 법인데 그런 미혼모들 자동차가 씽씽 달리는 길 아래서 먼지 뒤집어쓰고 몰래 낳아 버린 꽃들, 그 꽃들로 천지가 환하긴 환한 봄날인데

골다공증의 사원

　자기 몸이 사원인 사람도 있지, 몸에 꼭 맞는 크기의 석
굴을 판 수도사들 수없이 들어앉아 형형한 눈빛 하나로
살고 있는 그게 사는 게 맞나 궁금한 쥐들이 문턱을 갉아
대지만 수도사가 차마 쫓지 못하는 생쥐들도 있지 가끔
수도사가 탁발을 떠나면 빈 사원에 쥐들이 새끼를 낳고
들어앉을 곳 없어진 수도사는 또 다른 구멍을 파고

　구멍과 구멍이 연결되면 통로가 되기도 하지 쥐들이
곳간으로 돌아갈 통로 수도사들이 거적을 접어들고 벽
장으로 갈 통로 먼지들이 지하실에 잠들러 갈 통로

　곳간에는 쭉정이만 남은 곡식이 있지 먼지 가득 머금
은 입과 쥐들의 이빨 앞에 폭삭 내려앉는 삭은 자루가 있
지 굶주린 쥐들이 사방팔방 연결된 통로로 몰려다니다
벽장을 갉아먹고 거적을 갉아먹고 수도사의 남루를 갉
아먹고 야금야금 수도사를 먹어치운 후 어디로 갈까 어
디로 가지 허둥대며 우루루루 사원 밖 골목으로 몰려나
간 후

　안심하고 무너지는 사원이 있지 빛나는 사리로 쏟아지

는 사원이 있지

겨울 드라이버

할 말 많은 눌변의 남자가 뱉는 부러진 낱말처럼
눈이 내린다 언뜻 방향 잃은 바람이 불면
전달되지 못하는 말을 하는 남자의 눈빛처럼
눈은 잠깐 당황하며 공중에 정지한다
눈이 많이 올 것 같군, 윈도브러쉬가 눈을 부빈다
남자의 말은 분해되지 않은 채 차갑게 땅에 떨어진다
받아들여지지 않는 마음이 길 위에서 결빙된다
그런 마음을 더듬는 것은 위험하다
제어되지 않는 마음과 만날 때는 속도를 늦춰야 한다
이런 복병과 마주치면 자칫 브레이크가 듣지 않는다
어 어 미끄러지며 앞차의 꽁무니를 들이받는다
꺽꺽거리기만 할 뿐
터져 나오지 않는 울음이 걸린 목처럼 본넷이 찌그러진
다
받아들이기 어려운 현실은 비현실적이다 여전히
나는 두 눈을 뜨고 있고, 모래알을 씹듯 싸락눈을 맞고
있다
따로따로, 한참을 함께 가야 하는 길이
말을 듣지 않는 자동차 같은 길이
막무가내로 버티고 있다

못

생선 한 마리 발라먹는다
접시 위에 대못이 하나 누워 있다
아직도 싱싱한 고집으로 남아 있는
어떤 생을 떠받치고 있던 뿌리 같은

무른 생각에 못을 박는다
엉뚱한 곳으로 방향을 틀 때
밀려들어온 강한 통증으로
스스로를 찌르는

흩어진 마음의 아귀를 맞춘다
쓰러지지 않게
지긋이
서로를 물고 녹슬어 가는

사랑

못

아름다운 독

부엌 구석,
검은 비닐봉지 속 잊혀졌던
감자를 집어낸다
이를 악물고 무언가를 참아내던 표정 하나가
부신 빛 아래 노출된다
징그러운 뿔 같은 것이 돋아난 그 얼굴은
인간의 몸을 막 받으려다 들킨 어떤
짐승처럼 난감하다
감자가
홀로
제 속에 간직했던 독기로
캄캄한 비닐봉지 속을 노려보며 길러낸
무소의 뿔 같은 이 감자 순!
귀를 도려내던 수많은 바람과
한숨에 말라버린 몇 모금 이슬 자국,
떨어지던 꽃잎의 무게를 섞어
순도 높은 술을 빚듯
일념으로 발효시킨
독,
그 독이 제 속에서 뜨겁고 단단한 무엇을 길러내었다

봉지 밖의 길이 물어물어 끝내 저를 찾아올 것이란
생각 하나가
천천히 그 길에 제 몸을 밀어 넣을
온전한 믿음 하나가

막다른 길

누더기 같은 겨울 햇살이 덮인
연천시장
족발을 파는 여자가 있다
오래 오래 걸어와 졸여진
발을 파는 그 여자 앞에
굽이 바깥으로 닳은 구두 두 짝이 와서 선다
그를 따라온 길 두 짝도 함께 멈춘다
어떤 짐승들의 길이
완벽하게 마무리되는 여기,
자기 몫의 길을 소화해낸 그들의
발은 향기롭다
늘 막다른 것이 뒤를 좇는 여자는
돌아보는 법 없이
제 앞 울퉁불퉁한 비포장 도로를
요리하는 데 열중한다
그 여자를 거쳐온
팍팍하고 쓰라린 길이
먹음직스럽게 윤이 난다
납작납작 썰려진 골목 한 귀퉁이를
어슬렁거리던 개가 잽싸게 채어 삼킨다

한 쪽이 뜯겨나간 햇살이
급히 개를 따라간다

단추

사흘 걸러 부고가 온다
봄이라서
땅은 집요하게
산 것을 잡아당긴다
물렁한 땅에 빠지지 않으려고
온몸에 열꽃이 오르도록 버티는
나무들의 노역이
꽃으로
핀다

혈압으로 쓰러진 젊은 설비공 윤기사가
죽었다
그의 가난을 지탱하던 수수깡 같은
적의를
땅에게 돌려주고
살아남은 자들은 말없이
땅의 목구멍에
한 벌뿐인 그의 양복에서 떨어진 단추를
누구의 손으로도 결코 끄를 수 없는
동그란 단추를

꼭꼭
채웠다

IV

연지동에 살다 · 1

한여름의 蓮池.

아이들 뛰노는 운동장 아랜 갈비뼈에 싸여 잠자는 감수성 예민한 연못이 있다 공단 치마저고리 차려 입은 젊은 엄마가 연꽃으로 살고 있는 연못가 부전나비 같은 단발머리 팔랑이는 어린 나의 청람색 눈동자 속으로 빠뜨린 머리핀이 가라앉고 등이 예쁜 실뱀 사라진 연못의 귀는 몇억 겹 청개구리 울음 쌓여 가장자리부터 파랗게 녹슨다 물파랑이 하도 닦아 침침해진 청동거울에 와 부딪힌 풍경 소린 잘디잔 금으로 탁해지고 글썽이는 수면엔 시든 노을 수도 없이 떨어진다 갈피갈피 꽃잎처럼 눌러 놓은 노을을 덮고 물고기의 긴 꿈이 화석을 밴다.

시간은 때로 이스트가 되기도 하지 두꺼운 뚜껑 닫힌 연못 속 온갖 파문의 침전물을 감미로운 추억으로 발효시킨다 술찌꺼기처럼 남아 빈혈 앓는 내가 오래 오래 한 닢씩 떼어먹을 박하 향의 양식으로

연지동에 살다 · 2

우물의 덮개가 열리면

한꺼번에 내리는 두레박으로 칭얼거리던 골목들이 목
을 적시는 마을 손톱 자라지 않는 아버지 팔뚝처럼 황토
비탈 깊이 칡뿌리 굵어 가는 소리 들리고 몰래 흙벽 갉아
먹는 막내의 봄이 횟배를 앓을 때 열일곱 살들 오래 드나
들던 폐결핵의 공장에서 굴렁쇠처럼 굴러 나오는 정오
의 사이렌 소리,

　　　　　—아버지 내 손톱이 자꾸 부러져요

각시붓꽃 위를 기던 어린 달팽이가 자주색 풍금소리
도르르 말아 집을 짓는 오후 뒷산 쓴풀꽃과 세상 맨 처음
의 패랭이꽃을 지나온 36도의 분홍 내 안으로 뭉클 엎질
러지고,

　　　　　—아버지 내 얼룩이 지워지지 않아요

축음기의 바늘로는 다 읽을 수 없는 닳은 지문 같은 저
녁이 아카시아 가시에 찔릴 때 이불 홑청 칼칼케 씻어 너
른 하늘에 널어놓은 어머니의 달이 비누조각처럼 사륵

사륵 닳아 닳아지는 소리 따라 풀썩이는 흙먼지와 간간
이 묻은 기침 소리 끌고 오래된 다락방으로 가는 땀에 전
검정고무신,

　　　　　　—아버지 내가 자꾸 미끄러져요

엄마 저 소리가 무어죠? 저 사람들은 왜 머리끝까지 늪으로 빨려 들어가는 거죠? 사람들의 내젓는 손들을 잡아주면 안 되는 건가요? 밤에 이곳을 지나가는 것은 위험하다고 그렇게도 엄마는 경고했지만 시간들이 순식간에 자라나는 것을 보는 건, 발목을 잡아채는 손들을 피해 팔짝팔짝 뛰어 다니는 건 재미있어요

엄마 연잎들은 밤마다 후들거리며 그물을 짜요 연잎의 뭉툭한 손가락에서 피어나는 그물코에 통통한 물고기들이 드나들어요, 그물은 점점 촘촘해지고 물고기는 점점 앙상해져가요 이윽고 뼈만 남은 물고기들이 꽃상여를 메고 물 밖으로 걸어나와요 상여에서 물에 빠졌던 사람들이 나와 커다란 가마솥에 불을 지펴요 어여쁜 상여꽃과 산더미처럼 쌓인 그물과 빠진 손톱들을 한데 넣고 알아들을 수 없는 주문을 외우며 솥 주위를 빙글빙글 맨발로 빙글빙글 춤을 추어요 가마솥이 용암처럼 끓어 넘쳐요 사람들을 삼켜버려요 사방이… 고요해져요

엄마, 나를 알아보지 못하는 불쌍한 엄마, 배고픈 아침이 찾아와도 솥뚜껑을 열면 안 **돼요**! 그 속에 또아리 튼

저 무서운 꽃을 절대로 보면 안 **돼요**!

연지동에 살다 · 4

　연지동에는 연못이 있네 연못에는 창호지에 스며드는
달빛 같은 연꽃이 살고 있네 연꽃은 사람들의 잠 속으로
다리를 뻗네 꽃의 자력에 꿈까지 빼앗긴 사람들 부스스
한 머리칼로 동트기 전 연못의 둑을 기어오르네 자신들
의 골다공증 뼈를 바치러 지상의 것이 아닌 그 꽃에 예배
드리러

　구멍 숭숭 난 뼈를 삼킨 그 꽃 날로 아름다워지네 커다
랗고 섬세한 손으로 사람들의 목을 차례차례 잡아채네
물아래, 뼈다귀들이 켜켜로 쌓인 늪 아래, 진흙 아래, 어
둠 아래로,

　도망쳐야 하네 갈퀴 같은 저 꽃의 손아귀를 피해 사이
렌의 노래처럼 뼈 속까지 마음대로 들락거리는 저 꽃의
포충망을 피해
　달아나야 하네

　연지동에는 연못이 없고, 연못에는 지금 막 새로운 연
꽃이 물 위로 솟아오르지 않고, 연지동에는 사람이 살지
않네

연지동에 살다 · 5

못 가에서 서성이는 가섭에게
부처님은 연꽃 대신
연탄을 내밀었다

끝없을 것 같은 계단
저 아래서
새끼줄에 매달린 연탄을 들고 오신
부처님 이마에
불꽃의 씨방 같은 땀방울이 매달리고
검은 연탄은 뜨거움의 무게로 몸이 무겁다
연꽃은 높은 데서 피는 법
그 동네 가장 높은 집 아궁이에서
한 송이 두 송이 만발했던 연꽃 지고 난 뒤
따스한 알몸으로 남은 연분홍 연탄재를
가시는 부처님이 즈려밟으시도록
가섭이
눈 내린 비탈길에 밟아 으깬다

어두운 복도에 피아노가 있었다

골마루에 입을 꽉 다문 피아노가 있었다

내 작은 발이 통통통 마루를 뛰어 지나가고 나무 계단
이 건기를 데리고 절룩절룩 지나갔다 날파리 떼에 휩싸
여 물소들이 쿵쿵쿵 저쪽 벽으로 사라지면 우기가 시작
되었다 먼지 발자국에 엉긴 빗방울에서 새끼 도마뱀이
뭉클뭉클 태어나는 저녁, 복도는 엎드린 채 깊은 심호흡
을 하고 있었다 어디선가 쑥부쟁이 향내나는 종소리가
날아와 계단의 가장 낮은 음 위에 떨어졌다 맥놀이가 피
아노를 일렁일렁 흔들었다 가장 무거운 건반 하나가 슬
몃 입술을 움직였다

강—

이라는 말이 피아노에서 새어나왔다

깊은 강이 흐르는 복도에 물고기들이 헤엄쳤다 건기를
견딘 물소가 새끼를 데리고 돌아왔다 아기물소들이 쿵
쾅거리며 마루를 돌아다녔다 엄마를 부르며 내 작은 발
이 다락방으로 통한 층계를 뛰어올라갔다

골마루에 단단한 견과류 같은 피아노가 있다
禁忌처럼 눈을 반짝이는 피아노가 있다

염소좌 아래 잠들다

염소가 풀을 뜯어먹는다 어금니 사이에서 들판이 으깨어진다 손톱을 물어뜯던 계집애가 부스럼딱지 동생을 업고 염소를 데리러 간다 고집 센 염소는 보는 것마다 뜯어먹는다 언덕을 뜯어먹고 돌아오는 골목을 뜯어먹고 무섬증이 이는 산 그림자를 뜯어먹은 염소가 방에까지 따라와 앉은뱅이 책상에 앉은 책들을 뜯어먹는다 으깨어진 문장에서 불그스름한 즙액이 흘러내린다 돌아앉은 어머니가 막내의 첫니에 물린 젖꼭지에 약을 바른다 어머니의 거대한 그림자가 30촉 전구에 녹아 일렁인다 어머니의 뱃속에서 숫자가 불어난 염소들이 질겅질겅 양은 냄비와 세간들을 씹는다 꾸르륵거리며 방이 소화된다 국화 울타리가 사라지고 지푸라기 섞인 흙벽이 사라지고 벽장이 사라지고 기름 전 루핑지붕을 다 뜯어먹은 염소들이 하늘에 오른다 남쪽 하늘에서 갈매빛 별똥별을 누는 염소들이 내 차가운 한뎃잠을 내려다본다

젓갈항아리

나뭇단을 머리에 인 어머니가 언덕에서 떨어져 내렸다
물잠자리처럼 검은 치마를 펄럭이며 자갈 투성이 마른
도랑으로 날아 내렸다

어머니 귀지를 파 주세요 귀 속에 굴을 파고 밤마다 내
잠을 갉아먹는 개미들을 꺼내 주세요 어머니 내 각혈을
받아 주세요 가슴 속에서 가르릉거리며 진달래 같은 폐
를 뜯어먹는 고양이를 꺼내 주세요 어머니 내 토악질을
받아 주세요 한 움큼씩 집어삼킨 알약들이 뱉어내는 향
기로운 생의 냄새가 현기증 나요 어머니 내 입안의 가시
를 빼 주세요 부어오른 목구멍에 걸려 있는 당신의 갈비
뼈를 꺼내 주세요 어머니

언덕 위 소금 기둥으로 앉은 어머니가 자신의 몸을 갈
아낸다 마지막 한 알의 소금 알갱이로 녹아 사라질 때까
지 비린 것들 날뛰는 항아리 속으로 어머니가 끊임없이
뛰어내린다

어머니를 다 녹여 넣고 내 몸을 밀봉해 두어야지
항아리 속 잠잠해진 배고픈 날

내 귀여운 자식들아
푹 익은 젓갈을 꺼내 먹으렴

벚꽃 피네

동굴 입구에 흡입기가 달려 있다 천진하게 들여다보던
햇빛이 끌려 들어가고 한 움큼씩 빠진 바람의 머리카락
이 자동모터에 감겨들고 나비의 입술과 나무 아래 서성
이던 내가 먹이를 삼킨 구렁이처럼 불룩해지는 가지 속
으로 빨려 들어간다 소용돌이치는 나이테 한가운데로

실꾸리의 끝이 닿은 우물 바닥, 무지개가 피댓줄로 걸
려 있는 정미소가 있다 어릴 적 빠져 죽은 계집애가 색동
고무신을 신고 살고 있는 곳, 허둥거린 미로의 발자국들
과 떨어진 별똥별들이 고운 가루로 빻아져 첨벙첨벙 아
침의 건반을 밟고 내려온 두레박의 찬물과 섞인다

끝없이 이어진 층계를 돌아 아이들이 올라간다 배고플
때마다 따뜻한 조약돌로 먼 강물에 물수제비를 뜨는 아
이들, 연분홍 파문들이 위로 위로 올라간다 가지 끝이 동
그래진다

늙은 여자

　그 여자 이마에는 그 여자가 평생을 일군 밭고랑이 있
네 으쓱으쓱 자라는 들깨잎이 있고 종알종알 매달린 콩
꼬투리가 있네

　그 여자 눈가에는 샘으로 가는 물길이 있네 새벽마다
별빛 찰름찰름 길어오던, 항아리 속에 쏴아쏴아 쏟아 붓
던 솔바람 소리가 있네

　그 여자 입가에 빛나는 은빛 길로 차돌 같은 아이들 뛰
어 달아나고 느릿느릿 달팽이들 사라지고

　무너진 돌담 같은 마음속에 깊이 들인 겨울 햇살만큼
튼실한 그늘도 함께 키우던 그 여자,

　주름으로 전신을 친친 동여맨 그 여자 아슬한 생의 가
지 끝에 자신을 매다네 고치 속에 개켜 넣은 그 여자의
남루한 몸이 羽化登仙한다는 소문

　송홧가루처럼 날리는
봄날

그녀의 등나무

　불이 꺼지자 전등 속의 스프링쿨러에서 쏟아진 어둠 빈 식기들을 가득 채우고 커다란 수조인 집안에 출렁출렁 차오른다 뚜껑이 꼭 닫힌 잠의 항아리가 둥둥 떠오른다 달빛에 알맞게 데워진 동굴 입구의 바위를 스르륵 밀고 들어가 그녀는 크르릉거리는 전자동 세탁기의 플러그를 뽑는다 마구 얽혀 돌아가던 일상의 신음이 차츰 잦아든다 세탁기의 뚜껑을 열고 그녀는 상처투성이의 꿈들을 꺼내어 따뜻한 욕조에 담근다 굳었던 꿈의 관절이 부드러운 海綿質로 풀어진다 그 양수에서 어린 태양들이 차례로 태어나 지붕 위로 주르륵 미끌어진다 흥건한 어둠을 단숨에 들이마시며 동굴이 다시 단단히 밀봉된다

　그녀가 헹구어 짜는 햇빛의 배내옷에서 방울방울 피어나는 보랏빛 젖내음

사월

아버지가 물려준 건 네 귀퉁이를 돌로 눌러놓아도 자
칫하면 날아가려는 신문지 같은 가난이어요 신문 사회
면에서 늘 칼을 가는 오빠가 두려워 흙무더기 속에 숨어
드는 뒤꿈치를 냉이 씀바귀들 와글와글 몰려와 갉아먹
어요 황사 바람에 눈 못 뜨는 어린 겨드랑일 헤집고 쑥
쑥쑥 자라나자 썩은 이빨처럼 솎아내는 언니의 칼끝에
서 굼벵이처럼 흰 햇빛의 허리가 동강나고 있어요 이젠
다 이루었다며 툭, 목을 꺾는 목련꽃이불 들치고 손톱 새
까만 봄이 어질머릴 앓으며 기어 나오고 있어요 이마를
맞댄 슬레이트 지붕 위에서 욕설 섞인 울음처럼 아지랑
이가 목말라 목말라 비틀거려요

어머니의 스웨터

낡은 스웨터를 푼다
한 여자의 일생이 풀려 나온다
치밀한 조직으로 서로를 떠받치며
그녀의 삶을 기록했던 자음과 모음의 조각들이
한 줄의 실에 너덜거리며 꿰여 있다
빈 달걀꾸러미 같은 시간으로 남은 처녀가
쓸쓸한 달개비꽃 빛깔로 풀려난다
풀썩풀썩 기침을 달고
외풍에 시달린 중년이 따라나온다
질 낮은 털실밖에 구할 수 없었던 그녀
너무 많이 닳아 버릴 때가 되어서야
겨우 벗어놓은 스웨터를 풀며
삭아 끊어지는 실을 자꾸 잇는다
가만히 웅크리고 앉아 있으면
점점 작아지는 그미의 몸처럼
해독할 수 없는 한 여인의 삶이
동그랗게 뭉쳐진다

이명

담뱃대에 담배가루를 꼭꼭 재우듯 빗소리를 귓속에 눌
러 채운다 소라 뚜껑같이 귀를 닫고 빗소리가 아래로 아
래로 내려간다 빗방울이 커다란 담배잎에 떨어진다 놀
란 청개구리가 뛰어 달아난다 어디선가 벌목하는 전기
톱질 소리가 난다 이마를 적시는 수수이파리를 헤치고
뒷산 쪽으로 빨간 운동화가 나아간다 무덤 주위의 아카
시아가 넘어진다 하늘타리가 노랗게 쓰러진다 송장메뚜
기의 투명한 눈이 풀잎에 긁힌다 지직거리며 카세트테
이프가 귀 밖으로 풀려 나온다 땅벌들이 붕붕거리며 따
라나온다 개미 떼가 얼굴을 타고 기어 나온다 풀벌레들
이 온 방 가득 동그란 울음을 슬기 시작한다

바다가 하얀 씨를 후드득 뱉는다

허정(문학평론가)

1

전명숙 시인의 첫시집 『염소좌 아래 잠들다』는 전반적으로 여성주의의 입장에서 씌어졌다. 여기에는 더욱 고도화된 가부장제의 통치하에 여성성이 훼손당하고 수동적이고 인내심 많은 여성들이 재생산되는 상황을 드러낸 시, 그런 영향력에 환원되지 않는 이질성에 주목하면서 가부장제의 금기를 횡단하려는 탈주의 욕망을 드러내는 시, 나무의 몸을 자기화하여 훼손된 몸을 치유하고 타자를 포용하는 시, 그리고 여성성을 인류문명의 차원으로 끌어올려 근대 남성 문명의 수직적 구조의 틀에 도전하고 새로운 활력을 충전시키는 대안을 찾는 시 등 다양한 맥락이 뒤섞여 있다. 이를 좀더 좁게 보면 다음과 같이 두 개의 축으로 간추릴 수 있다. 하나는 가부장제라는 절망적인 상황 속에서 벌어지는 억압과 탈주의 상상력이 숨 막히는 긴장감 하에 부정의 사유로 드러나는 대목이고, 다른 하나는 나무를 자기 몸으로 삼고 넓은 포용력 아래 생명체의 공생과 살림의 치유력에 주목한 대목이다. 시인은 전자에 여성들의 현재 위치와 억압된 욕망을, 후자에 그런 상황을 타개해나갈 의식적인 지향점을 배치해놓은 듯 보인다. 이 글은 이러한 순서에 따라 시인의 사유가 전개되는 양상에 초점을 맞추어 그녀의 시집을 읽도록 한다.

매일매일 다른 어둠이 찾아오는 그 여자의 방은 잠시 내리는 비에도 천장이 얼룩지네 가끔 거미줄 엉킨 목에서 날아 나온 박쥐들이 축축한 벽지 너머로 사라지네 환히 들여다보이는 벽 속엔 양치류가 하늘을 뒤덮고 (밀림 속을 맨발로 뛰어 다니는 한 여자) 플러그를 벽에 꽂고 여자는 창궐한 어둠 한 자락씩 잡아당겨 말없이 다림질을 하네 무엇이든 순도 높은 것일수록 잘 구겨지지? 어둠도 정성 들여 주름을 펴면 희미하게 빛이 나네 늙은 여자가 매만진 어둠들을 서랍 속에 차곡차곡 개켜 넣네 고사리가 우거진 서랍 속에서 그것들은 점점 투명하게 익어 가네 (맨발의 여자가 간혹 벽을 두드려 보네) 그렇게 몇억 년이 지나가네

—「쇼윈도」 전문

전명숙의 시집에는 더욱 고도화된 가부장제의 위력이

나타난다. 인용시 속의 여자는 유리벽이라는 폐쇄영역 안에 갇혀 지내고 있다. 그 벽은 분명 구성원을 옥죄어 오는 것임에도 불구하고, 마치 변신괴물처럼 고도의 변 신술에 의해 그 모순을 은폐하고 있다. 인용시의 그녀는 "간혹 벽을 두드려 보"면서도 그 투명함 때문에 자신이 벽 안에 갇혀 있다고 생각하지 못한다. 무수한 불평등과 억압관계가 재생산되었을 이전의 집(여성의 욕망을 분 재시키는 감옥)과는 다르다고 생각하면서, 거기서 다림 질을 하고 서랍도 정리한다. 그런 여자의 몸과 행동거지 는 창밖의 남성들의 시선에 의해 그대로 감시당한 채 관 리의 대상이 된다. 그렇게 오랜 시간이 지나간다.

무언가에 찔리고 베이는 건
더 나아갈 수 없다는
정지 신호
그 스위치가 작동될 때
잘려진 마음의 단면에선
수많은 알전등이 터지고

—「베이다」 부분

인용시는 여성이 어쩌다가 그 유리벽이라는 경계에 서 게 될 때, 어떤 억압이 가해지는가 하는 점을 잘 보여준 다. 그때 "무언가에 찔리고 베이는" 등의 신체의 훼손이 뒤따른다. 이렇게 유리벽에 쳐져 있는 금기의 선은 가혹 하게 작동한다. 이때 여자들은 마음 속에서 "수많은 알전등이 터지"는 분열을 경험하면서도, 그 금기의 선을 넘지 못하고 자신의 욕망을 억누르며 순종할 수밖에 없다.

—「연지동에 살다·3」 부분

인용시에는 가부장제의 강력한 영향력이 나타나 있다. 시인은 미래파 시인들처럼 시각적 효과를 살려 '돼요'를 진한 활자체로 처리한다. 그래서 이 구절("**돼요**")은 '안 돼요 돼요 돼요—'와 같은 긴 파동의 울림으로 읽힌다. 이는 '안 돼요'와 같은 거부의 언술을 결국에는 '돼요'와 같은 허락의 언술로 바꾸어버리는 체제의 강력한 힘을 보여준다. 이런 예속력은 "썩고 있는 게 분명해 머리 속에 이렇게 많은/생각이 바글거리는 걸 보면"(「사과」)에서도 잘 나타난다. 그녀는 자신에게 강요된 삶을 내면화하지 못하고, 그에 규정되지 않는 잡념 때문에 혼돈스러워한다. 그런데 특이하게도 그녀는 이를 해서는 안 되는 생각을 하는 것이라 여기고, 그것을 썩어가는 징후로 취급하며 두려워한다. 가부장제의 금기를 그대로 답습한 이 생각은, 얼굴을 가리고 무의식을 점령해오는 그 이데올로기의 영향력에 주체들이 얼마나 속수무책으로 예속되어 있는지를 잘 보여준다. 이렇게 가부장제의 통치기술은 무의식마저도 지배할 정도로 갈수록 투명해지고 막강한 영향력을 행사한다. 이러한 영향력 아래 수동적이고 인내심 많은 여성 주체들이 재생산되고 있다.

이러한 현실에서 여성의 몸들은 심하게 훼손되어 있다. 그런 흔적은 시집 곳곳에 나타난다. 그녀가 사는 환경은 모든 것을 모래 알갱이로 환원시키는 불모의 사막이고, 그녀는 거기서 가시투성이의 선인장으로 살아야 한다(「선인장」). 또한 그 삶은 바닷물에 익사당하는 삶이고, "무거운 산을 발 밑에 붙이고 걷"는 삶이다(「산꼭대기엔 바다가 있네」). 그 억압의 무게로 인하여 여성으로서의 "탄력"을 잃고(스프링 끊기고) 자기 아닌 삶을 살아야 한다(「스프링이 튀어나온 소파」). 혹은 "물집 잡힌 기다림과/화농되는 상처와/적의에 달구어지는 가시를 함께/가두고 있는/내 몸"(「비 오기 전」)이라는 구절처럼, 강요된 침묵(「그는 왜 믿지 않는 것일까」) 속에서 표면화할 수 없는 트라우마(trauma)가 뒤섞여 들끓는 그 몸들은 퉁퉁 부어 있다. 이렇게 가부장제의 훼손된 현실 아래 그 몸들은 갈수록 비정상이 되어간다. 거기서 여성들은 "막다른 것이 뒤를 좇"는 "팍팍하고 쓰라린 길"(「막다른 길」)을 가고 있다.

뭔가가 가득 들어 있는
자루가 있다 자꾸자꾸 부푸는
자루가 있다 미어터지려는
자루가 있다 허둥지둥 자루를 깁는

손이 있다 기어이
뭔가가 새기 시작하는
자루가 있다

—「자루」 부분

냄비 속의 물이 펄펄 끓고 있다 (뚜껑을 열어야 해) 〈이
두개골엔 나사가 너무 많이 박혔군〉 (발바닥이 뜨거워) 〈뭐
든 길들이기 나름이야〉 (목걸이가, 목걸이가 풀어지지 않
아) 〈무엇에든 중독되면 편안해진다구〉 (저것 좀 꺼 줘!)
〈비등하는 시간 속에 잠기면 결국 말랑말랑해진다니까〉
개수대로 역류한 바다가 하얀 씨를 후드득 뱉는다.

—「바다·부엌·가스레인지」 전문

그러나 그녀는 이런 억압 속에서도 그에 완전히 환원
되지 않는 이질성에 주목한다. 인용시에서 뭔가를 잔뜩
넣은 자루는 비대하게 부풀었다가 미어터진다. 어떤 손
이 구멍을 허둥지둥 깁지만, 기어이 그 구멍은 메워지지
않는다. 이는 가부장제가 여성의 성적 차이와 정체성을
봉합하려고 하지만, 그런 환원 논리에 의해 그것이 결코
봉합될 수 없음을 보여준다. 그 구멍을 통해 억압되어야
할 이질성이 불길하게 쏟아져 나온다. 프로이트가 말한
무의식처럼 억압된 것들은 반복강박증의 형태로 끊임없
이 귀환하여 가부장제에 균열을 내게 된다.

「바다·부엌·가스레인지」에는 다중적 목소리가 나
타난다. 여기서 괄호(())로 표시된 부분은 냄비 속에 갇힌

여성이 그곳을 벗어나려고 외치는 절규로 읽힌다. 그리고 꺾쇠(⟨⟩) 부분은 그런 욕구를 감내하라고 세뇌시키는 가부장의 통치로 볼 수 있다. 그 살벌하면서도 유치찬란한 풍경을 보다 못한 바다(자연의 큰어머니)가 부엌으로 역류해 올라 욕설을 하고 침을 뱉듯이 하얀 씨를 후두둑 뱉는다. 이 병렬의 형식 속에 다중적인 목소리는 어느 한쪽으로 환원되지 않고 팽팽하게 갈등하고 있다.

뭔가 죽을 때까지 따라 다닌다는 거 어떻게 생각하니?
평생 불치의 슬픔이라든가, 늑골 아래 드나드는 달빛의
밀물 썰물, 끝장날 때까지 잡아당기는 파리지옥풀 같은
사랑,

—「스토커(stalker)」 부분

이렇게 강한 억압에도 불구하고 그에 환원되지 않는 이질성을 체험해온 그녀는 그 삶을 새로운 시각으로 성찰하게 된다. 여성의 삶이란 '그'라는 중심에 예속된 주체성 없는 삶이었다. 거기서 "그가 나를 데리러 올 것"(「엘리베이터를 기다리는 자정」)이라는 미망에 사로잡혀 중심에 기댄 수직상승의 헛된 구원의 희망을 갖고 살았다. 그녀는 여기서 죽을 때까지 한 남자를 따라다녀야 하는 스토커와 같은 불치의 집착(중심을 향한 갈구)은 억압된 자들이 하게 되는 왜곡된 선택이었음을 깨닫게 된다. "한 필씩 끊어낸 색색의 하늘을 들고" 온 듯한 그와의 만남 역시 자신의 몸을 촉촉하게 휘감았던 물기를 다

빼앗기고 오랜 잠(망각)에 빠진 미라로 자신을 건조하게 박제시키는 것이었다(「물고기와 미라」). 그것의 실체는 구원이 아니라 그 불모의 상황에 자신을 밀어넣는 치욕이었을 뿐이었다.

그래서 그녀는 다음과 같이 가부장제에 대해 불신과 불만을 토로하고, 금기를 어기게 된다. 그녀는 사랑이데올로기를 "서로를 물고 녹슬어 가는//사랑//못"(「못」)이라고 불신하고, 남자의 말과 심리에 동화되어야만 작동되는 가부장제의 시스템을 브레이크가 말을 듣지 않는 가파른 눈길 위를 운전하는 것만큼이나 위험한 것이라고 불신한다(「겨울 드라이버」). 그리고 "정말 지겨워!"(「스토커(stalker)」) 혹은 "견딘다는 건 정말 힘들"(「서쪽으로 가다」)다며, 가부장제 하에서 호명된 여성 주체에 대해 노골적으로 불만을 토로한다. 그러다가 결국 뛰어서는 안 된다는 표정이 엄하게 서려 있린 골마루를 물소처럼 뛰어다니면서 금기를 위반한다. 피아노 소리가 요란히 울리며 사방을 소란스럽게 흔들어 깨우는 그런 질주야말로 남성에 의해 훼손된 본래의 모습을 찾는 것(촉촉한 물기를 회복함)이라고 한다(「어두운 복도에 피아노가 있었다」). 이렇게 금기를 넘어서려는 시도는 이번 시집에서 다음과 같이 유리벽을 넘어서려는 여러 가지 시도로 변주되어 나타난다.

세상의 창을 한 자락으로 다 가린 바람 죽음처럼 두툼하네 수천 만 겹겹 그 껍질 벗겨내느라 나목들 손톱이 자

라지 못하네

그 시도는 인용시에서 여성을 가두었던 유리벽을 신체(특히 손톱)가 절단되면서도 깨려는 몸부림으로 나타난다. "점점 길어진 손가락이 유리벽을 더듬는다"(「꽃은 냉장고에 있습니다」)는 대목과 박하화분의 뿌리와 이파리가 펄펄 끓는 냄비의 위협을 피해 창틀 너머로 생사를 건 탈출을 감행하는 것(「부엌 창틀의 박하화분」)도 같은 맥락으로 읽을 수 있다. 그리고 발에 난 티눈에서 "깊이 박힌 녹슨 못처럼/세상의 무엇과 이리도 단단히 얽혀 있"었는가를 살핀 뒤, 그렇게 얽매인 상태로는 멀리 갈 수 없으므로 이를 악물고 단단한 사슬을 끊듯이 티눈을 잘라내는 것(「티눈」) 역시 유리벽을 벗어나려는 맥락에서 읽을 수 있다. 또한 "어머니의 뱃속에서 숫자가 불어난 염소들이 질겅질겅 양은 냄비와 세간들을 씹는다 꾸르륵거리며 방이 소화된다 국화 울타리가 사라지고 지푸라기 섞인 흙벽이 사라지고 벽장이 사라지고 기름 전 루핑지붕을 다 뜯어먹는"처럼 엄마 뱃속에서 태어난 염소(어머니의 딸들)가 그 잡식성으로 가부장제의 모순이 서린 살림살이와 그들의 욕망을 분재시켰던 방과 집을 먹어치운 것 역시 같은 맥락에서 읽을 수 있다. 사전 찾는 행위에서 끝없이 의미가 지연되듯이(「辭典」), 그녀는 의미가 중심에 고정되지 않고 미끄러지는 기표의 유희 현상을 만끽하며 금기의 선을 횡단하려 한다.

2

이렇게 가만히 있으면 따뜻하게 썩을 수 있을까 담뱃재
처럼 삭아 내리며 그녀가 희미하게 웃었다 하반신을 땅에
묻은 어둠 속에서 막다른 골목들이 구불구불 자라났다 충
분히 부르튼 발바닥들이 가지런히 신발을 벗어놓고 방패
연같이 떠오르는 문지방을 넘었다

—「서쪽으로 가다」 부분

이런 탈주의 상상력이 좀더 적극성을 얻는 대목이 바
로 썩어가기와 나무되기다. 전술한 「사과」에서 그녀는
가부장제 이데올로기의 영향력에 예속되어 '썩음'을 두
려워했지만, 인용시에서는 태도를 바꾸어 "이렇게 가만
히 있으면 따뜻하게 썩을 수 있을까"라며 그 상태를 추
구한다. 썩음은 비정상적인 현실질서를 거부하는 몸이
행한 적극적인 선택이다. 이때 썩음은 그 몸에 가해진 가
부장제 권력의 작용점이었던 수동적인 몸을 저항의 출
발점으로 변전시켜 낸 것이다. 썩는 과정 속에 훼손된 것
이 대지로 돌려지고 정화되어 새로운 생명으로 다시 태
어나듯이, 썩는 그 몸은 자신뿐만 아니라, 그 존재를 둘
러싼 비정상적인 현실 세계를 부패시키고, 이를 거름 삼
는 과정을 통하여 새로운 세계의 도래를 도모하게 된다.
그래서 이것은 유기체에 대한 환멸 때문에 무기체로 돌
아가고 싶다는 죽음본능(thanatos)에서 끝나는 것이 아
니라, 재생을 위해 발효를 꿈꾸는 삶에 해당한다.

이 지점에서 그녀는 나무를 자신의 몸으로 삼아 남성적 현실의 지배로부터 벗어나와 새로운 세계를 잉태하는 자궁이 되려 한다. 전술한 「쇼윈도」의 유리벽 안에서 여자는 이미 양치류와 같은 식물을 키우고 있었다. "수많은 필라멘트"와 같은 고압적인 전기가 흐르는 유리관 속에서도, 그녀는 "백일홍 나무로 일어"서고 "진홍빛 환한 꽃송이"를 피운다. 그런 과정이 거듭되면서 "얇은 유리로 덮인 여자의 몸이 조금씩 조금씩 금가기 시작한다"(「어항 속에는 물고기가 있다」). 나무를 자기화한 그 몸('나무—몸')은 몸이 분재되는 고통 속에서 금기막을 서서히 균열시켜 나간다. 이후 '나무—몸'은 훼손된 자신의 몸을 치유할 뿐만 아니라 타자의 몸을 해방하고, 나아가 남성적인 근대문명을 치유하는 생명과 살림의 치유력을 보여준다. 이런 치유의 측면 때문에 막바지로 치닫는 듯한 절망스런 몸의 상태를 다루면서도 그녀의 시는 더 이상 요설이나 침묵, 해체와 같은 부정의 형식과 사유로 나아가지 않는다.

1)자신의 몸 치유

"내 몸이 몹시 굳었다고 품고 있던 알은 벌써 썩었다고 주먹을 펴야 한다고 치료사가 몸을 아래위로 잡아당겼다"(「치료」)처럼, 그녀의 몸은 이미 치료가 필요한 상태였다. 그러나 "코드를 내 팔에 등에 머리에 꽂"는 과학기술을 앞세운 남성문명의 기계적인 치료로는 유기체적인 망을 형성한 여성의 몸을 고칠 수 없다. 거기서는 "어디론가 방전되는 것 같다고 이상하게 충전이 되지 않는다고" 말하며, 기계를 폐기처분하듯 여성의 몸을 버려야 할 고물로 취급한다.

그런 치료로는 폐기되어야 했을 그 몸은 나무의 몸을 빌어 회복을 꿈꾼다. 현재 그녀는 나목인 채로 겨울과도 같은 억압적인 현실에서 손톱 다 뭉그러지는 천형의 생을 살고 있다(「산꼭대기엔 바다가 있네」). 하지만 여성과 나무는 동일한 육체의 달력을 가졌다. 나무가 순환의 질서에 몸 맡기고 해마다 재생을 거듭하듯이, 나무의 생을 자기화하려는 그녀 역시 그 몸에 가해진 억압이 제거되어 몸이 활짝 피어오를 봄에 대한 재생의 믿음에 한껏 부풀어 있다. "보고 싶어요"라며 "그리움의 실꾸리를/수없이 풀었다 감았다" 하며 "손가락 끝에 연필을 쥔 나무들이 무슨 말인가"를 "꾹꾹 눌러쓰고 있다"(「겨울편지」). 그런 순환의 상상력에 힘입어 일순간 해방의 순간들이 다가오고, 봄비는 지상의 모든 경계를 지우고 "일곱 빛깔 도료가" 되어 "쏟아진다"(「봄비는 모든 것을 녹이려 들고」). 세상의 억압이 녹아내리는 그 환희의 체험 속에 나무에 의탁했던 훼손된 몸은 서서히 치유된다.

2)타자 포용

나무로서의 그 몸은 자신뿐만 아니라, 풍만한 모성으로 타자의 생마저도 살려낸다. 「창 밖의 봄」에서 벤자민은 어항 속에 갇힌 물고기를 향해 팔을 뻗는다. 이 대목은 갇힌 삶끼리 서로를 위무하는 것에 해당한다. 또한 그 몸은 "화들짝 파라솔을 켜는 매니큐어 칠한 그 여자의 손톱"이라는 구절처럼, "달아오른 프라이팬으로" 사물을 프라이하는 듯한 숨 막히는 더위 속에 타자들에게 잠시 쉬어갈 만한 그늘을 제공하기도 한다(「7월 낮 12시 동백나무」).

> 바로 그때였네, 나무는 제 몸에 깃들었던 코끼리와 슬픈 신과 곱추와 쌍봉낙타의 등이 터지고 날개가 솟는 것을 보았네 보랏빛 새벽 하늘로 그들이 날개를 치며 날아가는 것을 똑똑히 보았네
>
> —「느티나무 전설」 부분

이렇게 타자를 배려하는 모습에서부터 시작하여 나무는 자신의 몸 속에 다른 생명들을 키우고 새 생명을 탄생시키는 적극적인 헌신의 자세를 보인다. 그 몸은 몸이 붙은 두 마리의 코끼리와 半人半獸의 신과 곱추와 쌍봉낙타, 굼벵이들과 같이 더럽고 비천한 타자들을 포용한 이물스러운 몸이다. 그렇게 타자를 보듬어 품고만 있는 것이 아니라, 인용시처럼 그런 이물스런 것들에게 날개를 달아주고 그들을 해방시켜준다. 그 뒤 "텅 빈 몸통에는 하늘이 고"이고, 또 다시 "몇 백 년은 거뜬히 견딜 거라 하"(같은 시)는, 그 품을 떠난 것들이 상처입고 오면 다시 껴안아주는(「하모니카」) 그런 희생적인 몸이다. 이런 껴안음과 몸 나눠주기는 여성의 몸(다른 것을 껴안았다가 출산이라는 몸의 해체를 통해 새로운 생명을 탄생시키

는 여자의 몸)만이 보여줄 수 있는 것에 해당한다. 이런 측면에서 그녀의 시에 복잡하게 얽혀 있는 이미지는 장식적 이미지라기보다는 이질적인 것들이 유기적인 망아래 복잡하게 얽혀 공생하고 있는 여성의 몸이 지닌 상호 연관적인 관계성을 드러내는 것으로 보인다.

> 어머니를 다 녹여 넣고 내 몸을 밀봉해 두어야지
> 항아리 속 잠잠해진 배고픈 날
> 내 귀여운 자식들아
> 푹 익은 젓갈을 꺼내 먹으렴
>
> —「젓갈항아리」 부분

　여기서 이 나무는 주름투성이로 남게 된 어머니들의 삶과 합치된다. 어머니들은 자식의 요구를 있는 대로 다 받아들이고 "자신의 몸을 갈아"(「젓갈항아리」)내는 끔찍한 희생을 치른다. 이는 인용시에서 "내 귀여운 자식들아/푹 익은 젓갈을 꺼내 먹으렴"이라는 대목에서 정점화된다. 「어머니의 스웨터」에서 "빈 달걀꾸러미 같은 시간으로 남은 처녀" 적과 "외풍에 시달린 중년" 그리고 노년의 삶 동안 내내 스웨터의 실을 풀듯 그 몸을 희생했던 어머니의 몸은 점점 왜소해져 간다. 가진 것 없어 "질 낮은 털실밖에 구할 수 없었"지만, "삭아 끊어지는 실을 자꾸" 이으며 그 몸뚱어리를 다 풀어주었던 그 삶. 그 뒤 둥근 실타래만 남는, 어머니는 둥근 나무였다.

　그런데 이런 껴안음을 두고 그녀는 "껴안는 것이 찌르

는 것이라면 이제/이 가슴에 빼곡히 박혀 있는 가시를 뽑아다오"(「스냅, 어두운」)라고 외친다. 이는 어쩌면 그 희생이 타자에게 가할지도 모를 위험을 성찰한 대목으로, 그녀는 그런 위험에서마저 벗어나려 한다. 그래서 이 껴안음은 비닐봉지에 갇혀 철저히 소외된 채 독기를 품고 기다려온 감자의 믿음("봉지 밖의 길이 물어물어 끝내 저를 찾아올 것")을 배반하지 않고 "징그러운 뿔 같은 것이 돋아난 그 얼굴"(「아름다움 독」)에 서린 분노를 거부감 없이 가라앉혀 줄 수 있다.

3)남성적 근대 문명 치유

타자들과 교접하며 몸을 확산시켜온 과정을 생태의 측면으로 넓혀 읽을 수 있다. 여기서 그녀의 시는 에코페미니즘의 입장에서 살필 수 있다. 에콜로지와 페미니즘이 접합된 에코페미니즘(Eco-feminism)의 시각은 여성의 억압과 자연의 착취 사이에 아주 깊은 함수관계(물질문명이나 자본주의의 바탕이 되는 남성 중심적 사고에 의해 훼손된)가 있다고 본다. 여기서 자연을 인간의 지배로부터 해방시키는 일은 여성을 남성의 지배로부터 해방시키는 일과 불가분의 관계가 있다. 다음 시편들에는 이러한 사유가 나타난다.

X-레이 필름 속 검은 숲 그늘을 배경으로 화석이 된 하얀 나무의 그루터기가 보였다 그곳에서 파란 싹이 트고 있었다 뼈 속에서 씨앗이 움트다니 내가 걸어다니며 만든

길 아래서 죽어간 질경이. 개망초. 괭이밥들이 절체절명
그 순간 내 가장 깊은 곳에 씨앗을 뿌렸다니

—「허리디스크」 부분

그녀는 허리디스크로 인해 X—레이 촬영하던 중 그 몸
속에서 "화석이 된 하얀 나무의 그루터기"와 그 위에 돋
아나는 "파란 싹" "뼈 속에서 씨앗이 움트"는 것을 확인
하게 된다. 인용시는 여성의 몸이 생태와 만나게 되는 과
정을 보여준다. 의사는 "당신의 진화에 문제가 있군요"
(같은 시)라며 외부와 소통된 그 몸을 비정상으로 진단한
다. 그러나 그녀는 허리디스크(근대문명의 병적 위기 상
징)라는 절체절명의 순간, 여성의 몸이 담아내는 그 놀라
운 생성에 경이로워 한다. 그 뒤 발전이라는 미망에 사로
잡혀 총천연색의 위용을 발휘하며 마구잡이로 뻗어나가
던 그 "길이 풀밭으로 스며들"어가는 것을 목도하게 된
다. 이렇게 풀밭을 향해 길이 펼쳐지는 대목은 그 몸이
생태패러다임과 조우하며 앞으로 그 생의 지침이 되리
라는 것을 강조한 의도성 짙은 발언에 해당한다.

그녀는 크르릉거리는 전자동 세탁기의 플러그를 뽑는
다 마구 얽혀 돌아가던 일상의 신음이 차츰 잦아든다 세
탁기의 뚜껑을 열고 그녀는 상처투성이의 꿈들을 꺼내어
따뜻한 욕조에 담근다 굳었던 꿈의 관절이 부드러운 海綿
質로 풀어진다 그 양수에서 어린 태양들이 차례로 태어나
지붕 위로 주르륵 미끌어진다

　　　　　　　　　　　　　　　　　　　　—「그녀의 등나무」 부분

　　남편은 새 배터리를 넣고 시체를 수습하고 나사못을 조
였다
　　죽은 아이 같은 노래를 긁어낸 빈 뻐꾸기 집을 벽에다
걸었다
　　　　　　　　　　　—「뻐꾸기는 둥지를 짓지 않는다」 부분

　이런 사유는 인용시들에서 구체화된다. 「그녀의 등나
무」에서 기계문명이 제공한 첨단기술에 의해서는 꿈들
이 부화되지 않는다. 기계문명이 소란스럽게 으르렁거
리는 이 공간에 점점 신음소리만 잦아들게 된다. 여기서
그녀는 전등불을 끄고 세탁기의 플러그를 뽑고, 양수와
같은 따뜻한 물에 "상처투성이의 꿈들"을 풀어놓는다.
그러자 그것들의 억눌린 관절이 부드럽게 풀어지고, 그
꿈들은 따뜻하게 부화된다. 여성의 치유력은 기계문명
에 의해 훼손된 생명들을 생성시킨다.
　「뻐꾸기는 둥지를 짓지 않는다」에서 남편으로 대표된
남성문명은 징지된 뻐꾸기시계에 배터리를 넣은 뒤 나
사못을 죄는 정해진 순서에 따라 사태를 후다닥 수습한
다. 반면 그녀는 남성문명이 고장이라고 재단한 것과는
달리, 그것을 뻐꾸기의 죽음이라 여기고, 거기서 죽기 직
전까지 거듭되었을 배고픈 절규의 과정과 억압된 자유,
"죽은 아이 같은 노래를 긁어낸" 뒤에 어미가 갖게 된 낙
태의 아픔마저 느끼고 있다. 여기서 합리성과 발전의 미

망에 사로잡힌 남성 문명의 해결방식은 비생명적인 것
이다. 생명은 그런 기계적인 것(차갑고 모나고 딱딱한
것)에서 나오는 것이 아니라, 부드럽고 연약하면서도 질
긴 것에서 태동한다. 이렇게 그녀는 감성과 영성을 바탕
으로 남성문명이 간과한 것들을 살려낸다.

「러닝머신」에는 달리는 기계가 되어 100M 레이스를
펼치듯 질주하다가 그 속도에 못이겨 파국을 맞이하는
한 남자가 나타난다. 이 남자는 문명과 진보의 이름으로
경쟁적이고 파시스트적인 속도를 내보이다가 졸지에 그
속도에 위협당하는 근대문명에 대한 우의다. 이번 시집
의 구도에 비추어 보면 바로 이 지점에서 여성의 포용성
이 발휘될 듯 보인다. 파국을 향해 치닫는 근대문명의 직
선적인 시간을 돌리고, 그것을 다시 모성의 시간으로 일
으켜 세우는 것. "그녀에겐 질긴 시간의 조각 그득한 반
짇고리가 있네"(「선인장」)라든가 "어머니를 다 녹여 넣
고 내 몸을 밀봉해 두어야지"(「젓갈항아리」)와 같이 어
머니와 내가 반복해온 모성의 시간은 정작 여성 당사자
들에게는 억압적인 희생의 시간이었을지도 모른다. 그
런데 여기서 여성들이 몸으로 체득해온 그 순환의 시간
은 직선적인 파국의 시간을 저지하고 치유할 새로운 가
능성으로 제시된다. 여성들의 순환적 시간은 억압과 차
별, 증오와 무한경쟁 등을 일삼아온 남성문명의 수직적
구조의 틀을 타파하고 암울한 인류의 미래에 새로운 활
력을 충전시킬 축복의 시간으로 향유되고 있다.

이 장을 끝내기 전에 주의할 것 한 가지만 밝힌다. 이

번 시집에 나타난 나무를 하늘과 태양 같은 초월적인 중심을 열망하는 '중심바라기' 나, 하늘을 목적론 삼은 나무의 성장을 진보의 원리를 드러내는 것으로 읽어서는 안 된다. 특히 그녀의 시에 하늘을 향한 비상이 많은데, 이것이 신비주의적 현실탈각이나 초월로 오해되어서는 곤란하다. 가령, "주름으로 전신을 친친 동여맨 그 여자 아슬한 생의 가지 끝에 자신을 매다네 고치 속에 개켜 넣은 그 여자의 남루한 몸이 羽化登仙한다는 소문"(「늙은 여자」)은, 주름 가득하던 그 몸(이마, 눈가, 입가)에 넉넉한 생명력을 지녔던 그 여자(「늙은 여자」)를 더 이상 이 현실에서는 만날 수 없다는 안타까움을 표현한 것이다. 이물스러웠던 타자들에게 날개를 달아주며 그들을 해방시켜주었던(「느티나무 전설」) 그녀는 어느 봄날 이 세상과의 인연을 끊고, 그녀 자신이 날개를 달고 현실로부터 해방된다. 또한 타자들이 날개를 달고 하늘로 비상하는 것(「느티나무 전설」)이나, 애벌레가 비상하는 것(「집을 헐다」) 역시 억압된 타자가 해방되는 순간을 형상화한 것이지 초월의 신비주의를 이야기한 것은 아니다.

3

　전인적인 희생과 인내, 포용력, 관계성, 치유, 풍요 등을 여성에게 강조하는 시각은 자본주의 가부장제를 넘어서는 새로운 생태학적 패러다임으로 뻗어가기도 하지

만, 근대에 철저히 예속된 채 정작 가부장제 하의 여성상
으로 재규정(가부장제의 노예로 완전히 식민화됨)될 위
험도 있다. 그 위험은 끔찍한 폭력을 그대로 받아들이는
전인적인 희생의 모습으로 여성성을 미화하고, 여성의
욕망을 제한하고 그들이 직면한 차이와 갈등을 덮어두
는 동일시로 회귀할 위험을 말한다. 탈영토화로 보인 그
런 여성성의 강조가 남성들이 요구하는 여성(어머니와
아내)을 재생산하려는 가부장제의 고도화된 통치전략에
이용되어 재영토화될 수 있기 때문이다. 모성은 탈주와
예속이 착종되어 나타나는, 자본주의 가부장제로부터
완전히 자유롭지 못한 영역이다. 그래서 강조해야 할 점
이 있다. 그것은 희생하는 모성을 일방적으로 보일 것이
아니라, 모성의 다양한 측면이 제시되어야 한다는 점이
다. 가령,

발목에서 비죽이 고갤 내밀며 단도가 말해요
이 아킬레스건을 끊을까 말까
압박붕대를 힘껏 동여매고 나는 달려요
단도는 터널을 거슬러 따라와요
목구멍에 걸린 칼끝에게 헐떡거리며
내가 말해요
너를 뱉어 버릴까 말까

—「달리다」 부분

인용시에서 단도와 나의 관계는 전환되어 나타난다.

단도는 "이 아킬레스건을 끊을까 말까"라고 위협하며 끝까지 따라와서 결국 그녀의 목구멍에 걸린다. 이 대목은 포용력 있는 여성의 몸이 근대문명의 파괴적인 속성을 껴안는 것에 해당한다. 그런데 그 몸은 결구에서 "너를 뱉어 버릴까 말까"라는 협박성의 발언을 한다. 여기서 쫓겨다니며 해를 당하는 대상으로만 살아온 그녀는 어느덧 자기 삶에 대한 주체로 입장이 바뀌어 있다. 여성은 수동적인 입장이 아니라, 무서운 어머니의 모습을 하고 현실의 잘못된 진행을 저지하고 꾸짖고 있다. 전술한 「바다 · 부엌 · 가스레인지」에서도 이런 어머니가 나타난다.

소란스런 세상에 포복해야만 간신히 감지할 수 있는 미약한 소리에 주목한 시(「이명」)를 그녀는 시집 맨 끝에 배치하고 있다. 이는 앞으로도 소외된 존재들을 모성의 포용력으로 끌어안을 것이라는 암시로 읽힌다. 드넓은 장강(長江)을 이룬 하류에서 머리채 풀린 수많은 지류(상류)를 향해(포플러 나무의 모양을 한 그 강을 향해), 송어들이 장애물을 차례로 헤치고 모천회귀(「포플러」)하는 데에 나타난 모성성에 대한 열망, 나는 그것이 죽음과 상처 치유라는 근원적인 힘을 강조하는 것 못지않게, 모성의 다양한 측면과 결합하여 기존 이데올로기의 예속력을 벗어나오는 보다 강한 것이 되었으면 한다. "바다가 하얀 씨를 후드득 뱉는"(「바다 · 부엌 · 가스레인지」) 모습이 보다 적극적으로 형상화되길 바란다. 🈂